Gevaarlijke foto's

RUGZAKAVONTUUR

RUGZAKAVONTUUR

Doe mee met de fotowedstrijd!
www.rugzakavontuur.nl

Ruben Prins

Gevaarlijke foto's

Tekeningen Els van Egeraat

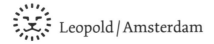 Leopold / Amsterdam

Met speciale dank aan groep 7 van de Van Leeuwenhoekschool
in Hilversum

AVI 8
Eerste druk 2009
© 2008 tekst: Ruben Prins
Omslag en illustraties: Els van Egeraat
Omslagontwerp: Rob Galema
Uitgeverij Leopold, Amsterdam / www.leopold.nl
ISBN 978 90 258 5330 3 / NUR 282/283

Mixed Sources
Productgroep uit goed beheerde bossen
en andere gecontroleerde bronnen.
www.fsc.org   Cert no. CU-COC-803902
© 1996 Forest Stewardship Council

Uitgeverij Leopold drukt haar boeken op papier met het FSC-keur-
merk. Zo helpen we waardevolle oerbossen te behouden.

'Wacht!'

Luuk hoorde het zichzelf zeggen. Alsof iemand anders met zijn stem sprak.

'Ik... ik wil nog een foto maken.'

De smokkelaar keek hem met opgetrokken wenkbrauwen aan. Hij zwaaide het pistool zenuwachtig heen en weer.

'Wat is dat voor onzin!'

'Een laatste wens,' antwoordde Luuk.

Waar haalde hij nou opeens dit idiote idee vandaan?

'Dat zie je toch altijd in films? Je mag altijd een laatste wens doen.'

Hij keek naar het gezicht van de smokkelaar, maar die gaf geen krimp.

'Ik wil nog een laatste foto maken,' zei hij. 'Een foto van Elise.'

Inhoud

Twee dagen eerder

Campingkippen

Zitten blijven! Gewoon... rustig... zitten... blijven!

Luuk zei het niet hardop. Hij keek wel uit. Met ingehouden adem lag hij op zijn buik in het stro. Iets meer dan een meter van hem vandaan, net naast het pad, zat de fazant. De vogel at het brood dat Luuk daar had neergelegd.

Het dier had niets in de gaten. Nóg niet. Maar die beesten waren zo schuw als wat, wist hij. Als er alleen maar een strotje brak was de vogel al gevlogen. Dit was niet voor niets zijn tiende poging.

Maar deze keer gaat het lukken! dacht Luuk. Deze keer schiet ik 'm!

Hij richtte en stelde scherp. Een opgewonden gevoel vulde zijn buik.

Alles was perfect.

De hoek was perfect: hij lag zo laag dat hij de buik van de vogel kon zien.

De omgeving was perfect: de hemel rond de fazant was onbewolkt blauw.

En ook het licht was perfect: de zon stond precies achter hem. De veren van de vogel glansden als goud.

De perfecte foto. Precies wat hij nodig had. Schieten!

Maar net op het moment dat hij wilde afdrukken gebeurde het. De fazant schrok op, gaf een gil en vloog weg.

Luuk drukte nog wel af, maar hij wist dat het voor niets was. De vogel was gevlogen, de foto was mislukt.

'Mag ik er misschien even langs?'

Luuk zag in zijn zoeker twee slippers verschijnen. Hij bewoog de lens langzaam omhoog: een afgeknipte spijkerbroek met rafels, een vaal rood T-shirt en daarboven het gezicht van een meisje. Om haar hals hing een wc-rol aan een touwtje.

'Ga je altijd ergens midden op het pad liggen?' vroeg het meisje met een rollende r.

'Wel als ik zo de perfecte foto kan maken,' antwoordde Luuk narrig.

Hij stond op en wees naar de wc-rol om haar hals.

'Loop jij altijd met zo'n domme ketting over de camping?'

'Dom?!'

Het gezicht van het meisje stond meteen op onweer.

'En jij zet zeker je rol op die vieze vloer?'

Luuk sloeg het stro van zijn kleren.

Ja, dat deed hij, ja. Hij zette gewoon zijn wc-rol op de vloer. Echt fris was het niet, dat wist hij ook wel. Maar wat moest je anders? Het was een heel geklooi met zo'n wc-rol op een campingtoilet.

'Toch wel slim, zo'n ketting,' gaf hij toe.

Het gezicht van het meisje klaarde gelijk op.

'Ik heet Elise,' zei ze. 'Ja, het is een domme naam. Ja, het komt van *Für Elise*. Ja, mijn moeder is muzieklerares. Ja, je mag me Ellie noemen.'

Het klonk alsof ze het al tientallen keren op die manier gezegd had.

'Ik vind Elise juist wel mooi klinken,' zei Luuk.

Elise zuchtte.

'Dat is nou net het probleem,' zei ze. 'Ken je Julia Roberts?'

Voordat Luuk kon antwoorden, ging ze verder.

'Julia Roberts is een actrice. Ze heeft in heel veel films gespeeld. En ze is ook heel mooi. Iedereen zegt dat ik op haar lijk.'

Ze trok een gezicht alsof haar hond net overreden was.

'*Jij moet later fotomodel worden*, zeggen ze dan. *Jij bent zó'n mooi meisje.* Mooi? Blchg.'

Ze spuugde het woord uit alsof het een smerig spruitje was. 'Mooi niet! Ik wil geen model worden. Ik wil journalist worden, of schrijver, of...'

Ze stopte met praten en sloeg haar ogen neer.

'Sorry, hoor,' zei ze zacht. 'Maar ik kan daar zó kwaad om worden.'

'Maakt niet uit,' zei Luuk. 'Je zag er eigenlijk wel *mooi* uit.' Even lekker pesten.

'Misschien kan ik wel een paar *mooie* foto's van je maken.'

Hij richtte zijn lens op haar gezicht.

'Wat een *mooi* plaatje, zeg!'

Meteen hield Elise de wc-rol voor haar hoofd.

'Ook goed,' zei Luuk. 'Dan maak ik wel een paar lelijke foto's. Dan kan niemand ooit nog zeggen dat je zó móói bent.'

Elise liet de wc-rol zakken. Ze streek een pluk haar uit haar gezicht en lachte.

Wow! Luuks hart sloeg een slag over. Ze hadden gelijk. Elise was écht knap. Vooral als ze lachte. Ze lachte niet alleen met haar mond, maar met haar hele gezicht. Hij vergat op slag een foto te maken.

'Hoe heet je eigenlijk?' vroeg Elise.

Luuk liet de camera zakken.

'Ik ben Luuk uit Limburg.'

Hij overdreef zijn accent behoorlijk.

'Een zachte gee is best oké.'

Meestal werkte die grap wel. Nu ook.

Elise lachte weer met haar hele gezicht. Het was maar goed dat hij zoveel grappen kende.

'Wat was dat eigenlijk voor een vogel?' vroeg Elise. 'Die je wilde fotograferen, bedoel ik.'

'Weet je dat dan niet?' vroeg Luuk.

Sommige mensen wisten echt niets van de natuur.

'Mijn vader noemt alle vogels kippen,' zei Elise. 'Duiven zijn stadskippen, eenden zijn waterkippen en meeuwen zijn zeekippen. Die vogels hier noemt hij campingkippen.'

'Campingkippen,' herhaalde Luuk.

Best grappig. Die moest hij onthouden.

'Het was een fazant,' zei hij.

'En wat is er nou zo interessant aan een fazant?' rijmde Elise.

Luuk vertelde over de Nederlandse Vereniging van Natuurliefhebbers waar hij lid van was. Die vereniging gaf elk kwartaal een tijdschrift uit: *Mens en Natuur*. En nu hadden ze een fotowedstrijd uitgeschreven.

Als je won kwam jouw foto op de voorkant van het tijdschrift. Er kwam ook een groot interview met je in het blad. En dan zouden zijn vader en moeder misschien weer wat meer aandacht voor hém hebben.

Dat laatste vertelde hij natuurlijk niet aan Elise. Daar had ze niets mee te maken.

'Ik snap alleen één ding niet zo goed,' zei Elise. 'Als jij zo van de natuur houdt, waarom ben je dan op Texel?'

'Mijn zusje,' klaagde Luuk. 'Ze is een paar maanden geleden geboren. Normaal gaan we altijd naar de bergen. Maar nu wilde mijn moeder niet naar het buitenland. Ze is bang dat Meggie ziek wordt of zo. Alsof er in het buitenland geen ziekenhuizen en dokters zijn.'

'Maar dat bedoel ik niet,' zei Elise. 'Ik bedoel die vergaste ganzen.'

'Vergaste ganzen?'

'Dat weet je toch wel?' vroeg Elise. 'Het is een hele tijd in het nieuws geweest.'

In een paar zinnen praatte ze Luuk bij. Vorige maand waren op Texel tienduizenden ganzen vermoord. De vogels werden gevangen genomen en daarna in gaskamers gedood.

'Dat meen je niet!' riep Luuk. 'Waarom dan?'

Elise haalde haar schouders op.

'Volgens mij waren er gewoon te veel ganzen op Texel. Het werd hier te vol of zoiets.'

'Dan kunnen ze beter die Duitsers vergassen!' snoof Luuk. 'Daar zijn er hier zeker te veel van!'

Elises gezicht vertrok.

'Mijn moeder is Duits, hoor.'

Luuk voelde zijn wangen rood worden.

'Sorry. Ik eh, nou ja...'

'Laat maar,' zei Elise. 'Ik ben het wel gewend. Mijn vader maakt ook altijd van die domme grappen over Duitsers.'

Luuk friemelde aan zijn fototoestel. Voorlopig moest hij maar even geen grappen maken. Vooral geen domme grappen over Duitsers.

Gelukkig verbrak Elise de stilte.

'En nu heb je hier weer allemaal dooie meeuwen.'

'Dode meeuwen?'

Luuk was meteen één en al oor.

Elise vertelde dat ze gisteren met haar ouders in de duinen had gewandeld. Overal op en langs het pad had ze dode meeuwen zien liggen.

'En niet een paar,' zei Elise. 'Ik heb ze geteld. Twee-en-zeventig in één uur!'

'Vergif,' zei Luuk zacht.

Hij zag het artikel in *Mens en Natuur* al voor zich. VERGIF OP TEXEL *Met foto's van Luuk Kugel*. Dit was nog veel beter dan zo'n domme foto van een fazant. Wat zouden zijn ouders trots op hem zijn...

'En waar zijn die dode meeuwen dan?'

Dode meeuwen

'Dus jij hebt een klein zusje?'

Daar heb je het al, dacht Luuk. Eigenlijk had het nog best lang geduurd. Ze fietsten nu al ruim een halfuur langs de kust en Elise was nog niet één keer over zijn zusje begonnen. Tot nu dus.

'Ja, ik heb een zusje,' antwoordde hij nors.

'Het lijkt mij wel leuk om een klein zusje te hebben,' zei Elise. 'Zo'n schattig baby'tje.'

Haar ogen straalden.

Luuk klemde zijn kaken op elkaar. Hij had nooit over Meggie moeten vertellen. Nu bleef Elise er natuurlijk de hele tijd over doorzeuren.

'Het was een ongelukje,' zei hij snel. 'Mijn ouders wilden eigenlijk niet nog een kind. Ze hadden genoeg aan mij. Maar Meggie was een ongelukje.'

Het voelde lekker om dat eens een paar keer hardop te zeggen. Ongelukje.

Thuis was dat woord verboden. Volgens zijn ouders was Meggie absoluut geen ongelukje. Ze was een fantastische verrassing, een geschenk uit de hemel.

Alles wat Meggie deed was mooi. Als ze een onverstaanbaar woordje brabbelde hoorde mama meteen een hele zin. Als Meggie in haar broek poepte, bekeek zijn vader de luier alsof het een geweldig schilderij was.

Meggie dit, Meggie dat... Luuk werd er gewoon strontmisselijk van. Gelukkig had Elise het er verder niet over.

'Hier moeten we rechtsaf,' zei ze na een tijdje.

Na de bocht hadden ze meteen een flinke wind tegen. Met gebogen rug reden ze door de duinen naar de zee.

De zee bulderde, de toeristen schreeuwden, de meeuwen krijsten.

Bij het strandhuis stapten ze af. Ze zetten hun fietsen tegen de houten palen op slot en liepen de duinen in. Daar volgden ze de paaltjes met gele koppen.

'Hier was het,' zei Elise.

Ze had het niet eens hoeven zeggen. Daar lag de eerste dode meeuw al. Het was een vies gezicht: veren met roodbruine vlekken, botjes, rottend vlees en vliegen.

Toch maakte Luuk er een foto van. Een paar meter verder vonden ze er nog een. En daarna nog een.

Na tien foto's van dode vogels stopte Luuk er maar mee. Ze leken toch allemaal op elkaar.

'Wat is de oorzaak?' dacht Elise hardop.

Ze had een kladblok en een pen meegenomen. Ze trok een frons en tikte met de achterkant van de pen tegen haar kin.

'Waarom gaan die meeuwen dood?'

'Vergif,' antwoordde Luuk. Dat was toch duidelijk?

'Lijkt me niet,' zei Elise.

Ze wees met haar pen naar de harige koeien zo'n honderd meter verderop. De grote beesten met puntige horens stonden rustig te grazen.

'Als hier gif lag, gingen die koeien ook dood.'

'Die koeien zwemmen niet in zee,' zei Luuk. 'Misschien zit het vergif wel in het water.'

Elise schudde haar hoofd.

'Dan zouden ze het wel vertellen. Anders worden de toeristen namelijk ziek.'

'Misschien vertellen ze het expres niet,' zei Luuk.

Hij lachte.

'Ken je die mop van dat vergiftigde water en die Duitser en...'

'Ja, ja,' zei Elise verveeld.

Ze draaide met haar ogen.

'Die mop is al zó oud. Verzin 's wat nieuws, zeg.'

Luuk veegde met het speciale doekje over de lens van zijn camera. Waarom moest hij nou over die domme mop beginnen? Over een Duitser nog wel.

Het leek haast een eeuw geleden dat Elise voor het laatst gelachen had.

'Misschien,' zei Luuk, 'ligt dat vergif wel op een plek waar de koeien niet bij kunnen komen.'

Hij tuurde over het duinlandschap. Met zijn ogen volgde hij een meeuw die krijsend door de lucht zweefde. De vogel landde op de bovenkant van een betonnen gebouwtje.

'Een bunker!' Luuks stem sloeg over. 'Misschien ligt daar wel wat.'

'Ik denk niet dat...' begon Elise.

Luuk luisterde niet naar wat ze wilde zeggen. Hij was al op weg naar de bunker. Vergif of niet, hij moest dat ding van dichtbij fotograferen.

Hij rende over de smalle paadjes tussen de heideplanten door. Binnen een paar minuten was hij bij de voet van het heuveltje waarop de bunker gebouwd was.

Hij knielde, maakte snel een paar foto's en deed het toestel terug in de tas. Daarna trok hij zichzelf aan de struiken omhoog en klom op de bunker.

Niet veel later stond Elise naast hem.

'Dus jij denkt écht dat *hier* gif ligt?' vroeg ze.

Luuk antwoordde niet. Hij dacht niet meer aan vergif of dode meeuwen. Dít was een echte bunker!

'Dáár kun je naar binnen!'

Hij wees naar een vierkante opening in het beton. Een simpele trap gemaakt van roestige staven leidde naar beneden.

'Daar ga ik echt niet in, hoor,' zei Elise. 'Misschien zitten er wel zwervers of drugsverslaafden.'

'Je hebt gelijk,' zei Luuk.

Hij deed zijn fototas af en drukte die in Elises handen. 'Bunkers zijn niets voor mooie meisjes.'

Elise reageerde precies zoals hij hoopte. Ze duwde de tas terug in zijn handen en klom vlug de trap af.

'Kom je nog?' riep ze toen ze beneden stond. 'Of durf je soms niet meer?'

Luuk grinnikte. Hij liet eerst zijn fototas zakken en volgde daarna zelf.

Het rook naar pies en andere smerige dingen in de bunker. Door een paar smalle langwerpige gaten kwam licht naar binnen. Ze waren duidelijk niet de enigen die hier geweest waren. Er lagen lege blikjes en ander afval. De betonnen muren stonden vol met namen, tekeningen en teksten.

Bruno was hier

Lieke loves Ruben

Meet you in heaven

Luuk haalde zijn camera tevoorschijn en maakte met de flits een paar foto's. Die kon hij thuis mooi aan zijn vrienden laten zien.

Hij zou het verhaal wel een stuk enger moeten maken. Hij was hier 's nachts geweest en het stormde en... Natuurlijk zou hij niet vertellen dat hij hier samen met een meisje was geweest. Hij keek wel uit. Dat verpestte het hele verhaal.

Elise stond bij een van de smalle gaten in het beton.

'Door die gaten schoten ze zeker op de vijand.'

Op de Duitsers, dacht Luuk. Hij zei het maar niet hardop.

'Stel je voor dat hier allemaal soldaten...'

Elise stopte met praten.

Boven zich hoorden ze zware voetstappen. Ze keken elkaar aan. Een zwerver? Een toerist? Een drugsverslaafde?

Voor het schietgat verschenen nu twee grote zwarte laarzen. Ze waren van rubber en hadden op de zijkant drie gele strepen.

Een aparte geur dreef de bunker binnen. Elise drukte haar neus dicht.

Luuk vond het wel lekker ruiken. Het was een sigaar, wist hij. Opa rookte die dingen ook.

Het duurde niet lang of een tweede paar schoenen verscheen voor het schietgat. Cowboylaarzen. Ook een mannenmaat. Ze glommen en zagen er duur uit.

'De plannen zijn gewijzigd,' zei een mannenstem zacht. '200 uur. Pee zestien. Bij pagga's. Normale levering. Normale prijs. Geen telefoons.'

Een sigarenpeuk viel op de grond en een zwarte laars met gele strepen trapte 'm uit.

'Akkoord,' zei de andere man met gedempte stem.

Daarna verdwenen de mannen net zo snel als ze gekomen waren.

Code

Luuk en Elise bleven nog een tijdje stil in de bunker staan. Pas toen het geluid van voetstappen allang verdwenen was, vroeg Elise: 'Wat... wie waren dat?'

Haar stem trilde.

'Criminelen,' antwoordde Luuk. 'Smokkelaars.'

Hij zei het alsof hij dit dagelijks meemaakte.

'Hoe weet je zo zeker dat het criminelen zijn?' vroeg Elise.

'Lijkt me logisch,' antwoordde Luuk. 'Ze hadden het toch over een levering? Drugs natuurlijk. Of wapens ofzo.'

'Drugs? Wapens?' herhaalde Elise. 'Kunnen ze het niet over iets anders hebben gehad? Iets... iets gewoons?'

'Dacht 't niet,' antwoordde Luuk. 'Of denk je dat ze het over bosjes bloemen hadden ofzo?'

Hij lachte schamper.

'Als dat zo is,' zei Elise zacht, 'moeten we naar de politie.'

'En dan?' vroeg Luuk. 'Denk je écht dat ze ons geloven?'

Hij pauzeerde even en zei toen: 'We moeten bewijzen hebben. We moeten foto's maken!'

Dit was nog veel beter dan een interview of een artikel in *Mens en Natuur*. Dit was de kans van zijn leven.

Smokkel op Texel. Met zulke foto's kwam hij in één klap in alle kranten. Eens kijken wie er dan de meeste aandacht kreeg!

'Is dat niet gevaarlijk?' vroeg Elise met een dun stemmetje. 'Als het criminelen zijn, en als ze ons ontdekken…'

'Dat gebeurt niet.' Luuk maakte zijn fototas open en haalde er een lens uit.

'Een telelens,' zei hij. 'We kunnen op afstand foto's van die criminelen maken. Ze ontdekken ons nooit.'

'Zeker?' vroeg Elise.

'Jazeker, de hypotheker!' antwoordde Luuk.

Elise lachte wel, maar het was niet meer dan een voorzichtig glimlachje.

'Zou het soms een code zijn?'

Elise drukte haar pen aan en uit. Aan en uit. Aan en uit.

Luuk schonk twee glazen limonade in en ging naast haar zitten.

Voorlopig hadden ze de caravan voor zich alleen. Zijn ouders zouden nog wel een uurtje wegblijven. Die gingen elke dag om tien uur naar het strand en kwamen dan om drie uur weer terug.

Elke dag hetzelfde. Elke dag naar het strand. Want Meggie vond het daar zo leuk. *Meggie houdt zo van het water. Meggie houdt zo van de wind. Meggie houdt zo van het zand. Meggie…*

'Hallo!' zei Elise. 'Aarde aan Luuk.'

Ze zwaaide met haar hand voor zijn gezicht.

'Wat denk jij? Denk je dat het een code is?'

Luuk keek naar het briefje dat voor hen op de tafel lag. Elise was zo slim geweest om iets van het gesprek tussen de twee mannen op te schrijven.

Op het velletje stond een rijtje woorden.

23

200 uur.
Pee 16.
Bij pagga's.
Normale levering.
Normale prijs.
Geen telefoons.

'Dat laatste is logisch,' zei Luuk. 'Geen telefoons. Ze zijn bang om afgeluisterd te worden.'

Hij had genoeg politieseries gezien om dat te weten.

'Daarom waren ze ook bij die bunker. Ze dachten natuurlijk dat ze daar niet afgeluisterd zouden worden.'

'Verkeerd gedacht,' zei Elise.

Ze drukte haar pen aan en zette een streep door *Geen telefoons.*

'Die begrijpen we.'

Ze klikte haar pen uit.

'Normale prijs en normale levering begrijpen we ook. Ze doen dit dus wel vaker.'

Pen aan, twee strepen.

'Alleen die bovenste drie dingen…'

Ze tikte met de pen tegen haar kin.

'Begrijp jij die?'

'Misschien,' begon Luuk,' misschien is het wel een plek waar ze het spul afleveren ofzo.'

'En waar is dat dan?' vroeg Elise.

'200 uur. Pee zestien. Bij pagga's.'

Ze sloot haar ogen en herhaalde het laatste woord: 'Pagga's. Pagga's. Pagga's…'

Ze liet het woord door haar mond rollen alsof het een bijzondere spreuk was.

'Pagga's,' zei ze voor de tiende keer. 'Pag- ja!'

Ze sperde haar ogen wijd open.

'Een kaart!' riep ze. 'Hebben jullie een kaart?'

'Hebben we,' antwoordde Luuk.

Zijn ouders hadden op het vvv-kantoor een kaart gekocht. Dat wist hij zeker. Niet dat ze het ding ooit gebruikt hadden. Ze gingen toch alleen maar naar het strand.

Maar goed, er moest hier dus ergens een kaart zijn. Alleen waar?

Eindelijk, na meer dan een kwartier zoeken, vond hij de kaart van Texel.

Elise rukte hem uit zijn handen en vouwde hem open.

'Hier zitten wij,' zei ze. 'Hier is de camping.'

Ze wees met de punt van haar pen op het dorp De Koog.

'Wacht, zo kan je het beter zien.'

Ze draaide de kaart om. Op de achterkant stonden plattegronden van alle dorpen op Texel.

Elise boog zich over één van de kaartjes.

'Vorige week heb ik hier gefietst,' zei ze.

Ze klikte haar pen dicht en zette de punt op het papier.

'We begonnen in De Koog en toen gingen we naar beneden.' Ze volgde met haar pen een gele weg.

'Langs Ecomare, waar ze die zeehonden gevangen houden, en dan... Daar!'

Ze tikte op de kaart.

Luuk boog zich voorover. *Pacha's paadje*, las hij. Het was een wit kronkelig lijntje dat vanuit het bos door de duinen naar de zee liep.

'We hebben daar nog even gezeten,' zei Elise. 'Wist je dat Pacha een jutter was en dat hij...'

'Zestien!'

Luuk wees naar het getal dat iets onder *Pacha's paadje* bij de zee stond. Er stond een tekeningetje van een paal boven.

'Natuurlijk,' zei Elise. 'Pee zestien betekent *paal* zestien. Dom. Dat had ik kunnen weten.'

'Het is maar goed dat je alleen maar een mooi meisje bent,' pestte Luuk.

Elise keek hem even overdreven vuil aan. Daarna drukte ze haar pen aan. Ze bleef met de punt een stukje boven de kaart hangen en vroeg: 'Mag ik?'

Luuk knikte.

'We gebruiken dat ding toch niet.'

Elise zette een cirkeltje om strandpaal 16 met een pijl naar Pacha's paadje.

'Daar is het dus. Daar gaat het gebeuren.'

Ze pakte het briefje en zette twee strepen. Alleen *200 uur* was nog over.

'Misschien gebeurt het wel over 200 uur,' zei Luuk.

Elise draaide het velletje met woorden om en maakte een som. 200 gedeeld door 24.

'200 uur is eh... meer dan acht dagen!' zei ze ten slotte.

'Zoiets zeg je toch niet?'

Ze schudde haar hoofd.

'Het moet iets anders betekenen.'

Luuk nam een slok van zijn limonade en keek op het digitale keukenklokje. 14.37. Wat er over 200 uur gebeurde kon hem eigenlijk even niet zoveel schelen.

Over twintig minuten kwamen zijn ouders thuis. En voor die tijd wilde hij Elise weg hebben. Anders wist hij precies wat er zou gebeuren.

Meggie zou meteen alle aandacht naar zich toe trekken. En dan zou ook Elise voor altijd verloren zijn. Hadden ze nog maar wat...

'Tijd,' zei hij zuchtend.

'Dat is het!' Elise gaf hem een enthousiaste por. 'Wat slim van je.'

'Wat?' vroeg Luuk verbaasd.

Hij herstelde zich net op tijd.

'Ja eh, ik bedoel natuurlijk... Het is ook heel logisch.'

Hij keek Elise zo zelfverzekerd mogelijk aan. Het werkte: Elise legde het zelf verder uit.

'200 uur is inderdaad de tijd,' zei ze. '200 uur betekent twee punt nul nul uur: twee uur 's nachts! Vannacht om twee uur gebeurt het.'

Het werd even heel stil in de caravan. Alsof ze allebei opeens begrepen wat dit betekende.

Vannacht zouden zij in het donker naar de duinen bij paal 16 gaan. Vannacht, terwijl de rest van Texel sliep, gingen zij foto's van gevaarlijke criminelen maken.

'Misschien moeten we toch maar naar de politie gaan,' zei Elise zacht. 'We hebben de code gekraakt. Dat is toch al heel wat?'

Luuk schudde zijn hoofd.

'We gaan foto's maken,' zei hij. 'Met de telelens. Niemand zal het merken.'

Flits!

Heel voorzichtig trok Luuk de rits van zijn eenpersoons tentje open. Shit! Wat maakte dat ding een herrie, zeg! Straks werd de hele camping wakker.

Hij kroop uit zijn tent en kwam overeind. Wat maakte het eigenlijk uit als ze hem ontdekten? Hij kon toch gewoon zeggen dat hij naar de wc moest?

Ja, ja, en dát zouden ze geloven. Hij was helemaal aangekleed, hij had een fototas om zijn schouder en een zaklamp in zijn hand. Zo ging je ook écht naar de wc…

Hij liep naar de caravan en maakte zijn fiets los. Het kettingslot sloeg tegen het metaal. Shit!

Luuk hield zijn adem in en luisterde. Geen reactie. Uit de caravan klonk alleen het gesnurk van zijn vader. Dat zat wel goed.

Hij ademde opgelucht uit en sloop met de fiets aan de hand naar het tegelpad. De zaklamp had hij hier niet nodig: de camping was goed verlicht.

Elise was al op de plek waar ze hadden afgesproken. Ze zat in het speeltuintje op de schommel te wachten. Gelukkig schommelde ze niet. Dat ding piepte en kraakte als een gek.

'Je bent laat!' fluisterde Elise.

'Ook hallo,' antwoordde Luuk zacht.

Hij keek op zijn horloge. Kwart over twaalf. Ze hadden om

twaalf uur afgesproken. Elise wilde graag ruim op tijd bij paal 16 zijn.

'Een kwartiertje valt best mee,' vond Luuk.

'In Limburg misschien,' snauwde Elise. 'Snap je dan niet waarom ik zo vroeg wil zijn?'

Met een nijdige beweging pakte ze haar fiets die tegen de wip stond.

'Als we laat zijn is de kans groter dat we die criminelen tegenkomen.'

Ze stapte op.

'Opschieten dus.'

Luuk had grote moeite om Elise bij te houden. Ze fietsten over een pad dat door een dicht dennenbos slingerde. Zonder lantaarns langs de weg was het behoorlijk donker hier. Gelukkig scheen de volle maan zo nu en dan tussen de takken door.

Luuk zette nog eens aan. Wat kon die Elise fietsen, zeg! Dat kwam zeker omdat ze zo kwaad was. En dat allemaal omdat hij één dom kwartiertje te laat was geweest.

Natuurlijk had ze wel een beetje gelijk. Vóór twee uur moesten ze zich ergens bij paal 16 verstopt hebben. Ergens op een veilige afstand van die criminelen. Ergens waar je ook nog goede foto's kon maken.

Zo'n plek vond je niet zomaar.

Na ongeveer tien minuten fietsen verlieten ze het bos. Ze passeerden een bord met ECOMARE erop en reden verder door de duinen.

Bij een kruising stopte Elise plotseling. Luuk kon haar nog net ontwijken.

Elise opende haar schoudertas, haalde de kaart eruit en vouwde hem open.

'Schijn 's bij.'

Luuk knipte zijn zaklamp aan en richtte de lichtbundel op de kaart.

'Waar zijn we ergens?' vroeg hij.

Elise antwoordde niet meteen. Ze tuurde een tijdje in de duisternis en keek daarna weer op de kaart.

Ze kan het zeker niet vinden, dacht Luuk.

'Vrouwen kunnen ook niet kaartlezen,' zei hij. 'Laat mij 's.'

Hij probeerde de kaart naar zich toe te trekken, maar Elise was hem voor.

Ze vouwde de kaart op en zei: 'Ik weet het al. We moeten die kant op.'

Ze wees naar rechts.

'We zijn er nu bijna.'

Ze begon automatisch zachter te praten.

'Het volgende pad moet Pacha's paadje zijn.'

Ze stopte de kaart in haar tas en begon weer te fietsen.

Haastig knipte Luuk de zaklamp uit en volgde haar.

'Daar!' fluisterde Elise. Ze wees naar een bordje dat aan de rand van de duinen stond. Haar ogen glommen.

'Zie je wel? Vrouwen kunnen dus wél kaartlezen.'

Luuk reed over het hobbelige gras naar het bordje. Hij pakte zijn zaklamp en bescheen de letters.

'*Rondwandeling Bleekersvallei*,' las hij hardop. 'Niks Pacha's paadje.'

Elise zuchtte.

'Ik ben hier toch al eerder geweest? Dat pad heet écht Pacha's paadje. Geloof me nou maar.'

'Het zal wel,' gromde Luuk.

Hij reed naar een grote struik een paar meter verderop. Daar stapte hij af en duwde zijn fiets tussen de takken. Elise deed hetzelfde. Zo zouden hun fietsen in ieder geval niet opvallen. Nu zijzelf nog.

Elise ging Luuk voor: ze liepen door een klaphek de duinen in. Daar volgden ze de paaltjes met blauwe koppen. De zaklamp hadden ze nog steeds niet nodig: de volle maan verlichtte alles.

Na een paar honderd meter veranderde het zandpad in een schelpenpad. Hun zolen knarsten door de stilte van de nacht.

'Zo vallen we te veel op,' fluisterde Luuk. 'We kunnen beter aan de zijkant lopen.'

Elise knikte.

Zo liepen ze zwijgend verder over het gras langs het schelpenpad.

'Welke kant?' vroeg Luuk bij een kruispunt.

Ze waren al zo'n tien minuten onderweg.

Elise tuurde voor zich uit.

'Die kant,' zei ze snel. 'De gele paaltjes. Geel gaat altijd naar het strand.'

Ze kreeg gelijk. Niet lang daarna kwamen ze bij een breed zandpad dat over de duinen naar het strand liep.

Luuk zette zijn voeten al in het mulle zand, maar Elise pakte hem beet.

'Niet zo,' zei ze zacht. 'Stel dat ze al op het strand zijn.'

Ze gingen van het pad af de duinen in en worstelden zich door de dichte struiken. Doornen haakten in hun kleren. Regelmatig bleven hun schoenen achter taaie takken steken. Nergens was ook maar één paadje te ontdekken.

Gelukkig was verdwalen vrijwel onmogelijk. Wanneer ze gewoon hun gehoor volgden kon het niet fout gaan. Het gebulder van de zee was een geweldig kompas.

Eindelijk kwamen ze dan bij de laatste en meteen ook de hoogste duinenrij. Ze trokken zich aan het helmgras omhoog. Boven op het duin zakten ze hijgend naast elkaar neer. Daar tuurden ze door de duisternis naar het strand en de zee.

'Niets en niemand,' zei Elise.

Ze haalde de kaart tevoorschijn.

'Dit moet het toch zijn. Dit is bij paal 16. Waar zijn ze dan?'

Luuk keek op zijn horloge.

'Het is nog vroeg,' zei hij. 'Pas kwart over één.'

'Echte tijd of Limburgse tijd?' vroeg Elise.

'Texelse tijd,' antwoordde Luuk. 'We hadden best wat later kunnen weggaan.'

Hij haalde de camera uit zijn tas en verving de gewone lens door de telelens. Door de zoeker tuurde hij langs het strand en de zee. Behalve het knipperen van een paar boeien was er weinig te zien.

'Wachten,' verzuchtte hij.

Hij liet zijn camera zakken en leunde achterover.

'Wachten, wachten en nog eens wachten.'

'Een schip!'

Luuk kon zijn opwinding maar met moeite onder controle houden. Zijn camera schudde heftig in zijn handen. Na meer dan een halfuur wachten was het dan eindelijk zover!

Door de zoeker zag hij het silhouet van een schip. Hij zoomde in.

'Een vissersboot,' zei hij.

Hij herkende het soort schip aan de grote mast achterop.

Zulke boten had hij een paar dagen geleden in de haven zien liggen.

'Het kan niet missen,' zei hij. 'Die vissers zijn de smokkelaars. Die vissersboot vervoert verboden spullen.'

'Misschien gaat het wel om een levering van vis,' zei Elise.

Luuk keek haar hoofdschuddend aan.

'Midden in de nacht zeker?'

'Volgens mij wordt er wel vaker 's nachts gevist,' zei Elise. 'Misschien is het wel toeval.'

Erg zeker klonk ze niet.

'Ik geloof niet in toeval,' zei Luuk.

Hij keek hoe het schip steeds dichterbij kwam. Een paar honderd meter voor het strand draaide het. Daarna begon het naar rechts te varen. Een eind verderop draaide het weer en voer terug. Zo voer het schip heen en weer voor de kust. Als een hongerige tijger in een kooi.

Luuk stelde scherp op het schip en probeerde de camera zo stil mogelijk te houden. Toen drukte hij af.

Een helder wit licht flitste door de duisternis. Shit! Het flitslicht!

'Sukkel!' siste Elise.

'Sorry,' fluisterde Luuk. 'Vergeten.'

Hij schakelde snel de automatische flits uit en vroeg zacht: 'Zouden ze ons ontdekt hebben?'

'Ik denk het niet,' antwoordde Elise. 'Ze varen nog steeds heen en weer.'

Luuk haalde opgelucht adem. Hij richtte zijn fototoestel op het schip en schoot een foto. De camera maakte een brommend geluid.

'Wat nu weer?!' zei Elise zuchtend.

'Het rolletje is vol,' antwoordde Luuk. 'Het wordt nu opgewonden.'

'Rolletje?' zei Elise. 'Wie gebruikt er nu nog rolletjes?'

'Ik,' zei Luuk. 'Die kleine digitale camera's zijn niks. Deze oude is véél beter.'

'Ja, dat hoor ik,' sneerde Elise.

Luuk negeerde haar. Hij haalde het volle rolletje uit het toestel en deed er een nieuw rolletje in. Hij was net op tijd klaar.

'Het schip ligt stil,' fluisterde Elise. 'Er gaat iets gebeuren. Ik voel het gewoon.'

Eén foto te veel

Luuk richtte de telelens op het schip. De vissersboot lag inderdaad stil voor de kust. Plotseling scheen er vanaf het dek een helder licht. De grote lamp werd aan en uit gedaan. 'Ze seinen,' zei Luuk.

Hij maakte een foto.

'Misschien wel morsecode,' zei Elise.

'Ik ken alleen s.o.s.,' antwoordde Luuk. 'Lang-kort-lang. Of was het nou kort-lang-kort?'

Ze hadden geen morsecode nodig om te ontdekken wat er verder gebeurde. Er werd een sloep aan de zijkant van het vissersschip neergelaten. De rubberboot kwam botsend op de golven naar land. Ondertussen schoot Luuk aan één stuk door foto's van de sloep.

'Daar,' fluisterde Elise, 'op het strand.'

Luuk draaide zijn camera een stukje. In zijn zoeker zag hij een schim op het strand staan. Snel drukte hij weer af.

De schim waadde door de zee naar de sloep. Foto.

Toen de schim tot zijn knieën in het water stond overhandigde hij een pakketje aan de man in de motorboot.

Foto.

De man in de motorboot gaf de schim een kist.

Foto.

De schim droeg de kist met trage stappen naar het strand.

De motorsloep keerde om en voer weer naar de vissersboot.

De schim met de kist kwam hun kant op. Hij ploegde zich door het mulle zand een weg naar de duinen.

Luuk zoomde in op het gezicht en schoot een aantal foto's.

Het was zinloos: de man droeg een capuchon over zijn hoofd en onder die kap was alles zwart. Alsof daar helemaal niets zat. Alleen een gat.

Een geest zonder gezicht, dacht Luuk. Een rilling kroop langs zijn rug.

Daarna ging de schim de duinen in en verdween uit het zicht.

'Hij gaat via Pacha's paadje,' fluisterde Luuk. 'Kom!'

Hij wilde zich omdraaien, maar Elise pakte zijn arm beet.

'Wil je soms dood?' vroeg ze zacht. 'Die vent is vast gevaarlijk!'

Luuk trok zich los. Hij had even geen zin om na te denken. De spanning spoot door zijn aderen. Foto's: dat was het enige waar hij aan dacht. Hij moest foto's hebben.

Zo snel hij kon daalde hij het duin af. Achter zich hoorde hij Elise volgen.

Het duurde niet lang voordat hij de schim weer zag. De man liep inderdaad over Pacha's paadje. Zijn laarzen knerpten hard op het schelpenpad.

Luuk en Elise volgden de man op een veilige afstand. Ze liepen weer naast het schelpenpad. Het zachte gras dempte hun stappen.

Zo nu en dan stond Luuk even stil om een foto te maken. Gelukkig liep de smokkelaar niet zo snel. Blijkbaar was de kist die hij droeg behoorlijk zwaar. Wat zou er in zitten?

Na een aantal minuten kwamen ze bij de omheining. De

schim wist zich met enige moeite door het klaphek naar buiten te wurmen.

Luuk en Elise wachtten nog even. Pas toen de smokkelaar een stuk verder was gingen ze ook naar buiten.

Luuk wees naar de grote struik waarin hun fietsen lagen. Elise knikte. Ze verstopten zich achter de dichte bladeren en gluurden voorzichtig langs de takken.

De schim had zo te zien geen idee dat hij bekeken werd en liep rustig naar een donkere wagen die in het naaldbos verstopt stond. Hij zette de kist naast de auto en opende de kofferbak.

Luuk richtte zijn camera, zoomde in en stelde scherp. Deze foto had alles: de smokkelaar, zijn kist en zijn auto. Als die man de kofferbak dichtdeed kon je misschien ook nog de nummerplaat zien.

Hij voelde zijn hart in zijn keel kloppen. Deze foto was belangrijk. Deze foto moest perfect zijn.

De schim tilde de kist in de kofferbak. Toen hij de kofferbak sloot, drukte Luuk af. Wat...?! Een zwaar gebrom verbrak de stilte in het bos. Een vol rolletje!

Snel stopte Luuk de camera onder zijn T-shirt. Het was al te laat: de smokkelaar draaide zich met een ruk om.

Elise trok Luuk terug achter de struik. Ze keken elkaar kort aan. Ze wisten het allebei: de man had hen gezien.

Zonder nog één moment te aarzelen sprongen ze op. Ze renden om de struik naar de andere kant waar hun fietsen lagen.

In een flits zag Luuk hoe de schim op hen af kwam sprinten. Twintig meter, schatte hij. De man was nog maar twintig meter van hen vandaan.

'Snel!' siste hij.

Elises fiets lag bovenop. Ze trok hem uit de takken, sprong op het zadel en weg was ze.

Luuk probeerde hetzelfde te doen maar zijn stuur bleef haken.

Kom nou!

Hij voelde de schim dichterbij komen. De zware stappen werden steeds harder.

Elise schreeuwde.

'Luuk!'

Luuk gaf een ruk en het stuur schoot los. Maar net voordat hij kon opstappen werd hij vastgegrepen. Hij probeerde de man van zich af te slaan. Het lukte niet.

De man rukte Luuks fototoestel van zijn nek. Hij deed het klepje open en haalde er het volle fotorolletje uit. Daarna smeet hij de camera met grote kracht op het gras.

Een doffe dreun.

Toen trapte hij met de hak van zijn laars nog een paar keer op het toestel. De camera kraakte.

Luuk voelde een ongelooflijke woede opkomen. Vloekend sprong hij naar voren. Ver kwam hij niet. De man trok een pistool. Onmiddellijk deinsde Luuk terug.

De man liep zonder iets te zeggen langzaam achteruit. Zijn gezicht was nog steeds niet te zien. Hij droeg een bivakmuts.

Toen draaide hij zich om en rende naar de auto. Hij sprong achter het stuur en scheurde weg.

'Heb jij het nummerbord gezien?'

Elise kwam met haar fiets naast hem staan.

'Volgens mij was het iets met een N en een 6. Heb jij het gezien?'

Luuk antwoordde niet. Hij hurkte naast zijn camera neer. Of beter gezegd, dat wat er nog van zijn camera over was. Hij tilde het toestel op alsof het een gewond vogeltje was.

Er zat een grote barst in de telelens. Hij drukte op verschillende knopjes, maar de camera reageerde nergens op. 'Overleden,' zei hij zacht.

Hij legde het toestel voorzichtig in zijn tas en sloot het deksel. Hier had hij nou een heel jaar voor gespaard. Een echte professionele fotocamera met twee losse lenzen. Hij had er nog niet eens één week van kunnen genieten.

'Ik zei toch dat die vent gevaarlijk was,' zei Elise.

Luuk reageerde niet. Zonder nog een woord te zeggen stapte hij op zijn fiets en reed weg.

Toen ze vlak bij de camping waren besefte Luuk pas wat er allemaal gebeurd was. De man met de bivakmuts. Het pistool. De kapotte camera.

Het had allemaal veel erger kunnen aflopen. In plaats van de camera had hijzelf op de weg kunnen liggen! Plotseling begon hij over zijn hele lichaam te trillen.

Moest hij soms naar de politie gaan? Nee, natuurlijk niet. Dan zouden zijn ouders het zeker te weten komen. Hij zag hun gezichten al voor zich. Hun blikken die zeiden: onze Luuk is een probleemkind.

Dat mocht niet gebeuren. Hij moest dit probleem zelf oplossen. Maar hoe?

'We hebben de foto's nog,' zei hij hardop.

'Wat?' Elise keek hem met een lijkbleek gezicht aan.

'Die smokkelaar heeft toch het rolletje gepakt?'

'Het eerste rolletje,' antwoordde Luuk. 'We hebben de foto's van het eerste rolletje!'

Verdacht

'Maak nou open!'

Luuk schudde zijn hoofd.

'Niet hier,' fluisterde hij. 'Hier zijn te veel mensen.'

Snel stopte hij het pakje met foto's onder zijn broekrand en hing zijn T-shirt erover. Hij mocht geen enkel risico nemen.

Natuurlijk leken de mensen in de winkel allemaal op toeristen. Maar smokkelaars konden zich toch vermommen? Die man met de bivakmuts had hen behoorlijk goed kunnen bekijken. Wie weet hield hij hen nu ook wel in de gaten...

Zo vlug ze konden verlieten ze de winkel waar de foto's ontwikkeld waren. Ze liepen naar hun fietsen en reden haastig de drukke dorpskern van Den Burg uit.

Bij een bankje in een stil straatje stopten ze. Luuk keek nog een paar keer om zich heen. Pas toen hij nergens verdachte figuren zag, haalde hij het pakje met foto's onder zijn T-shirt vandaan.

Ze gingen op het bankje zitten en Luuk nam de foto's uit de envelop. Vlug bladerde hij er doorheen.

Foto's vanaf de veerboot.

Foto's van een zonsondergang.

Foto's van opvliegende fazanten.

Dáár waren ze: de laatste twee foto's van het rolletje. De eerste foto was het best: de vissersboot was behoorlijk duidelijk te zien. Dat kwam natuurlijk omdat hij die met de flitser gemaakt had.

De foto zonder flitser was veel te donker. Daarop kon je alleen een vaag silhouet van het vissersschip zien. Daar had hij niets aan. Zouden zijn andere foto's ook zo donker zijn geweest?

Hij zei er maar niets van. Elise had al genoeg over zijn camera zitten klagen.

Hij pakte de lichte foto en bestudeerde de boot.

Elk vissersschip had op de boeg een naam staan. Of beter gezegd, een kenteken. Dat had hij een paar dagen geleden zelf in de haven gezien. TX-1, TX-2, TX-3 en zo verder.

'En?' vroeg Elise. 'Kun je het lezen?'

Luuk schudde traag zijn hoofd. 'Te donker.'

Elise pakte de foto uit zijn hand en wierp er een korte blik op.

'Met een digitale camera kun je op de computer inzoomen,' zei ze. 'Met een digitale camera kun je de foto ook nog lichter maken.'

Luuk beet zijn kiezen op elkaar. Elise had het afgelopen uur wel honderd voordelen van een digitale camera opgesomd. Met een digitale camera hoeven de foto's niet ontwikkeld te worden. Met een digitale camera hoef je niet te wachten. Met een digitale camera kosten de foto's geen geld.

'Met een digitale camera hadden we deze foto's niet gehad,' zei Luuk. 'Met een digitale camera waren *alle* foto's verloren gegaan.'

Elise haalde haar schouders op.

'Alsof we iets aan deze foto's hebben.'

'Het is beter dan niets,' zei Luuk.

Hij probeerde opgewekt te klinken, maar erg goed lukte dat niet. Zijn camera was kapot. De foto's waren gestolen. De kans om in de krant te komen leek verkeken.

Hij stond met een ruk op.

'We moeten naar de haven,' zei hij. 'Misschien ontdekken we daar iets verdachts.'

Elise kwam omhoog. Op haar gezicht was weer die mooie, grote glimlach te zien.

'Jij weet ook niet wat opgeven is, hè?'

Het was enorm druk in de haven van Oudeschild. Het parkeerterrein stond volgepakt met auto's. Honderden mensen wandelden langs de vissersboten. Tientallen toeristen vulden de terrasjes.

De geur van versgebakken vis en friet kwam Luuk en Elise al tegemoet.

'Ik lust eigenlijk wel wat,' zei Elise.

'Ik ook,' zei Luuk. 'Maar eerst de boten bekijken.'

Ze liepen naar de kade waar de vissersboten aangemeerd lagen. Luuk haalde de foto uit zijn tas en bestudeerde de vissersboot.

'Volgens mij moeten we vooral naar de grotere schepen kijken.'

Niet dat ze daar wat mee opschoten. Er lagen wel een stuk of twintig grote kotters.

'Wat zoeken we eigenlijk?' vroeg Elise. 'Je denkt toch niet dat er ergens een bordje staat met *Drugs te koop*?'

Luuk schudde zijn hoofd.

'Iets verdachts,' fluisterde hij. 'We zoeken iets verdachts.'

Oké, dat klonk behoorlijk vaag. Maar meer kon hij er voorlopig ook niet van zeggen. Ze moesten gewoon goed hun ogen openhouden.

Ze liepen langs de kade en zagen vissers die op het dek met de netten bezig waren. Daar was niets verdachts aan. Verderop droegen een paar mannen oranje kratten van een kotter.

'Misschien zit daar wel drugs in,' fluisterde Luuk.

'Of vis,' zei Elise droog.

Ze liepen verder. Op de kade stond een schipper met een paar mensen te praten. De man en vrouw droegen korte broeken, slippers en fotocamera's. Toeristen, dat was wel duidelijk.

Té duidelijk, vond Luuk. Verdacht duidelijk zelfs. Wie weet waren het wel smokkelaars verkleed als toeristen.

Heel langzaam liep hij langs. Ze spraken Duits.

'Weet jij wat ze zeggen?' fluisterde Luuk.

Elise knikte.

'Ze vragen dingen over de vangst. Welke vissen enzo.'

'Misschien is het wel codetaal,' zei Luuk.

'Doe niet zo dom, joh.' Elise zuchtte. 'Niet iedereen op Texel is een smokkelaar, hoor!'

Ze trok hem mee.

Na een paar minuten werd het rustiger. Hier had je geen groepjes mensen die nieuwsgierig langs de schepen liepen. Er lag hier zelfs maar één kotter langs de kade.

'Als ik een smokkelaar was,' zei Luuk, 'ging ik mooi hier liggen. Lekker rustig.'

Ze bleven op een paar meter afstand van het schip staan. Het was een grote roestige kotter met deuken in de boeg.

Elise stootte Luuk aan.

'Een sloep!'

Nu zag hij het ook. Op het achterdek lag een rode sloep. Dat kón gewoon geen toeval zijn.

'Dát is nou verdacht,' zei hij zacht.

Het schip lag er verlaten bij. Aan de zijkant stond één van de ijzeren deuren open.

'Zullen we...' fluisterde Luuk.

Elise keek een paar keer schichtig om zich heen.

'Snel!' siste ze.

Er liep geen loopplank van de wal naar het schip. Dat was ook niet nodig. De kotter lag zo dicht tegen de kade dat ze er zo op konden stappen.

Luuk stond als eerste op de vissersboot. Elise volgde vlug.

Ze liepen op hun tenen naar de open deur. Toch kraakte het dek hier en daar.

Luuk verwachtte dat er elk moment iemand naar buiten zou stormen. Een woedende visser die hen al vloekend en tierend van het schip zou zetten.

Maar er gebeurde niks. Het bleef kalm op de kotter.

Ze gingen naar binnen en kwamen in een halletje. Het was hier stil. Té stil. De vissers waren natuurlijk allemaal aan land. Tenminste, dat hoopte Luuk.

Elise pakte zijn hand en trok hem mee naar een deur die op een kiertje stond. Heel voorzichtig gaf ze er een duwtje tegen. Met een hoog gepiep ging de deur open.

Kees Zonners

'Ze hebben hier zeker een feestje gehad,' fluisterde Elise.

Ze deed de deur achter hen dicht.

In een hoek van de kamer was een grote tafel. Hij stond vol met wijnflessen, bierflesjes en glazen.

Rondom de tafel waren vaste banken. Net als in de caravan, zag Luuk. Alleen was alles hier natuurlijk een stuk groter. Naast één van de banken stond een stapel van drie oranje kratten.

Luuk liep er meteen naartoe. Hij trok het deksel van het bovenste krat. Vis. Er kwam een koude damp vanaf: de vis lag tussen ontelbare ijsblokjes. Niets verdachts.

Logisch, verdachte dingen deed je ook niet in het bovenste krat. Hij drukte het deksel er weer op en pakte het krat beet. Zwaar!

'Help even.'

'Omdat je het zo lief vraagt,' zei Elise. 'Wat dacht je van het woord *alsjeblieft*?'

'Alsjeblieft,' herhaalde Luuk droog. 'Zo goed?'

Elise rolde met haar ogen. Toch hielp ze hem mee. Samen tilden ze het bovenste krat van de stapel.

Luuk keek in het tweede krat: weer niets verdachts. En ook in het onderste krat zaten alleen vis en ijs.

'Natuurlijk,' zei Luuk zacht. 'Het zit onderin!'

Hij begon met zijn handen in het krat te graven.

'Help 's mee,' zei hij, *'alsjeblieft.'*

'Ik kijk wel uit,' antwoordde Elise. 'Mij veel te koud. En het stinkt ook nog.'

'Logisch,' zei Luuk. 'Dit is natuurlijk niets voor een mooi meisje.'

Elise schudde haar hoofd.

'Je denkt toch niet dat ik daar nóg een keer intrap, hè?'

'Dan niet.'

Dan deed hij het zelf wel. Hij was ondertussen toch al bijna bij de bodem van het krat aanbeland. Zijn vingers waren stijf van de kou, maar iets verdachts vond hij niet. Hij trok zijn handen terug en blies zijn vingertoppen warm. De volgende dan maar.

Net toen hij het tweede krat wilde pakken, vloog de deur open.

'Gasten?!' schreeuwde een zware stem.

In de deuropening van de kajuit verscheen een reusachtige man. Hij had een woeste baard en lang haar. Hij was bijna naakt: hij droeg alleen maar een klein onderbroekje. Zijn dikke buik bolde over de rand. Op zijn borst en armen zaten grote tatoeages.

'Guppies!' schreeuwde de reus. 'Helemáál gezellig!'

Zijn stem klonk vreemd.

Hij stapte de kamer in. Hij zwalkte heen en weer alsof het vissersschip op volle zee was.

'Hij is dronken,' fluisterde Elise.

'Dronken maar niet doof,' lachte de reus.

Hij begon een lied te lallen.

'Daar in dat kleine café aan de haven...'

Halverwege hield hij ermee op.
'Kom, we vieren de goeie vangst.'
Hij liet zich in een van stoelen zakken en gebaarde.
'Ga zitten, guppies! Dan drinken we wat.'
'Nee dank u,' zei Elise, 'We...'
'Graag,' zei Luuk snel.
Elise keek hem vragend aan.
'Misschien komen we wat te weten,' fluisterde Luuk.
Ze gingen bij de visser aan tafel zitten.

De man haalde drie kleine glaasjes tevoorschijn. Daarna griste hij een groene fles van tafel.

'Juttertje,' zei hij. 'Daar ken je niet vroeg genoeg mee beginnen.'

Hij draaide de dop los en begon te schenken. Er kwam bijna net zoveel op de tafel terecht als in de glaasjes. Hij pakte er een en hield het omhoog.

'Proost! Op de goede vangst!'

In één snelle beweging gooide hij de inhoud in zijn keel. Hij zette het lege glaasje met een klap op tafel en vulde het meteen weer.

Luuk nam voorzichtig een slok van de donkere drank. Hij begon meteen te hoesten. Wow, wat brandde dat spul in je keel!

De visser bulderde van het lachen. Zijn buik schudde zo dat de tafel meedeinde.

'Sterk spul, hè?'

Hij had zijn eigen glas al weer gevuld en geleegd.

Luuk wachtte tot de brand in zijn keel was verdwenen. Toen vroeg hij: 'Wat weet u eigenlijk van smokkelen?'

'Smokkelen?' herhaalde de man. 'Ach, dat doen we allemaal wel. Whiskey, sloffen sigaretten...'

'Drugs?' vroeg Luuk. 'Wapens?'

De visser keek hem met glazige ogen aan.

'Drugs en wapens zijn voor sukkels.'

Hij gooide weer een glaasje achterover.

'Maar kent u misschien vissers die wel die dingen smokkelen?' vroeg Elise. 'Kent u...'

De visser liet haar niet uitpraten. Hij begon weer te zingen.

'Daar in dat kleine café aan de haven. Daar zijn de mensen nog altijd tevree. Kom guppies! Zing mee!'

Elise stootte Luuk aan.

'Hier schieten we niets mee op.'

Luuk knikte. Ze stonden op.

De visser was zo enthousiast aan het zingen dat hij het niet eens merkte. Ze slopen langs hem heen en verlieten het schip. Zelfs op de kade konden ze de visser nog horen zingen.

'Ik denk niet dat hij een smokkelaar is,' zei Elise.

'Ik ook niet,' zei Luuk. 'Anders had hij alles niet zo open laten staan.'

Ze slenterden terug. Luuk schopte tegen een steentje. Het stuiterde over de kade en kwam in het water terecht.

Zinloos, dacht Luuk. Zijn hele plan was in het water gevallen. Wat had het opgeleverd? Eén donkere foto. Hoe konden ze nou ooit het smokkelschip vinden? Wie zei eigenlijk dat die vissersboot nu in de haven lag? En al zouden ze hem vinden, wat dan nog? Ze hadden toch geen bewijzen?

'Misschien moeten we maar...'

Elise onderbrak hem.

'Wat is dáár aan de hand?'

Luuk keek op. Zo'n vijftig meter verderop stond een groepje toeristen. Er werd hard gelachen en gepraat.

'Kom!' Elise trok hem mee.

Maar na een paar meter stopte ze opeens.

'Maar dat, dat...' stamelde ze, 'dat is Kees Zonners! Maar hoe... Natuurlijk!'

Ze sloeg met haar platte hand tegen haar voorhoofd.

'Wat dom van me. Dat is waar ook, hij woont op Texel.'

'Wie?' vroeg Luuk.

'Kees Zonners,' herhaalde Elise. Haar ogen glommen.

'Wie is Kees Zonners?'

'Ken je die dan niet?' vroeg Elise verbaasd. 'Iedereen kent toch Kees Zonners?'

'Ik niet,' bromde Luuk.

'Kees Zonners is een Bekende Nederlander,' antwoordde Elise. 'Hij is acteur en schilder en beeldhouwer en... Nou ja, nog veel meer. O ja, hij is ook schrijver. Misdaadboeken.'

'Misdaadboeken?' Luuk was ineens één en al oor. 'Misschien kan hij ons dan wel helpen.'

Hij stapte meteen op de groep mensen af.

Elise trok hem hardhandig terug.

'Dat kun je toch niet maken,' fluisterde ze. 'Je kunt Kees Zonners toch niet zomaar om hulp vragen?'

'Waarom niet?'

Luuk hoorde hoe iemand anders zíjn vraag stelde. Hij draaide zich om en keek in het gezicht van een deftige heer met golvend grijs haar. De man droeg een hagelwit overhemd en om zijn hals was een zwart sjaaltje geknoopt.

'Waarom niet?' herhaalde de heer. 'Waarom zou je Kees Zonners niet om hulp kunnen vragen?'

'Nou ja,' stamelde Elise, 'u bent beroemd en druk en...'

'Onzin,' zei Kees Zonners. 'Dit is mijn vrije middag. Ik kwam hier alleen maar om...'

Hij pauzeerde even en zei toen: 'Ik kwam hier om een visje te halen, weet je niet.'

Ondertussen bleef hij handtekeningen zetten op stukjes papier die de mensen hem aanreikten. Hij was er zo ervaren in dat hij niet eens hoefde te kijken. Zijn blik was nog steeds op Luuk gericht.

Die ogen... Ze leken wel dwars door hem heen te kijken. Luuk kreeg er gewoon de kriebels van.

'Waarmee kan ik jullie van dienst zijn?' vroeg Kees Zonners zodra alle handtekeningen gezet waren.

'We hebben iets ontdekt,' begon Elise. 'We...'

'Kunnen er niets over zeggen,' vulde Luuk vlug aan. 'Niet hier.'

Kees Zonners knikte.

'Te veel mensen, hèh?' zei hij. 'Hebben jullie pen en papier?'

Elise haalde haastig de pen en het kladblok uit haar schoudertas. Luuk zag hoe haar hand trilde toen ze de spullen aan Kees Zonners gaf.

De kunstenaar krabbelde wat op het papier.

'Kom om vier uur naar dit adres.'

Hij gaf de pen en het kladblok terug aan Elise. Daarna liep hij met grote stappen weg.

Vergeet het maar!

Luuk had het briefje al wel honderd keer bekeken. Zelfs als hij zijn ogen sloot zag hij de woorden nog voor zich. Het krullerige handschrift van de kunstenaar met de langwerpige letters en de vreemde vormen van de cijfcrs.

Er was iets met die letters en cijfers. Iets wat hij niet kon verklaren. Iets…

'Ik heb er gewoon geen goed gevoel bij,' zei hij.

Elise grinnikte.

'Gewoon geen goed gevoel,' herhaalde ze.

Ze probeerde zijn zachte gee na te doen.

'Best aardig,' zei Luuk. 'Voor een *mooi meisje* dan.'

Elise wierp hem een vuile blik toe.

'Hoe laat is het nu?'

'Vijf minuten later dan de vorige keer dat je het vroeg,' antwoordde Luuk.

Hij keek op zijn horloge. 'Halfdrie dus.'

Elise zuchtte. 'Halfdrie pas?'

Luuk knikte. De minuten leken inderdaad wel te kruipen.

Ze hadden patat gegeten.

Ze hadden op de kaart de Monnikenweg opgezocht.

Ze hadden berekend dat het minder dan een uur fietsen was.

Ze hadden naar de toeristen op het terras gekeken.

Ze hadden gezien hoe de mussen en meeuwen het afval opvraten.

Ze hadden...

Elise keek hem met een frons aan.

'Stel dat het een val is,' zei Luuk opeens.

'Een val?' herhaalde Elise. 'Dus... dus jij denkt dat Kees Zonners bij die smokkelaars hoort?'

'Zou toch kunnen?'

'Natuurlijk niet!' zei Elise. 'Kees Zonners is stinkend rijk. Hij heeft wel tien huizen en hij heeft miljoenen op de bank. Waarom zou hij dan gaan smokkelen?'

Luuk haalde zijn schouders op. Misschien kwam het door die 1600 uur. Dat leek wel erg op wat de man bij de bunker had gezegd. *200 uur.* Maar de stem van die man was duidelijk niet de stem van Kees Zonners.

'Misschien vergis ik me,' zei hij zacht.

'Denk het ook,' zei Elise.

Ze stond op.

'Zullen we dan maar? Ik heb geen zin om nog langer te wachten.'

Ze fietsten zo traag ze konden naar het westen. Toch kwamen ze al om kwart over drie op de Monnikenweg aan. Het laatste stuk van de weg was een zandpad met bulten en gaten. Ze stapten af en liepen met de fiets aan de hand verder.

Hier en daar stond een huis langs het pad. *Hutje op de hei,* las Luuk op een bordje naast één van de huizen. Monnikenweg nummer 3 was dat.

Ze liepen verder.

Nummer 4.

Nummer 5.

Nummer 6.

Het pad werd steeds smaller en maakte ten slotte een scherpe bocht naar rechts.

'*Houten bakje*,' las Elise. Ze wees met haar hoofd naar een houten bordje langs het pad.

'Is dit eigenlijk nog wel de Monnikenweg?'

Luuk haalde zijn schouders op.

'Misschien bestaat...'

Toen zag hij het. Vijftig meter van hen vandaan, verscholen achter een paar struiken, stond een wit huisje.

'Dat moet 't zijn,' zei hij met gedempte stem. 'Meer huizen zijn hier niet.'

Ze liepen ernaartoe.

Monnikenweg nummer 7 keek uit op een landschap van heidestruiken en graspollen. Bij een klein meertje stond een kudde harige koeien met grote horens te grazen.

'Mooi uitzicht.'

Luuk voelde automatisch aan zijn fototas. Hij had zijn toestel vanochtend toch maar gewoon meegenomen. Anders zouden zijn ouders zeker moeilijke vragen hebben gesteld.

Waarom neem je je camera niet mee? Is er soms iets mee gebeurd? Gaat alles wel goed?

Een scherpe pijn stak door zijn maag. Natuurlijk ging alles niet goed! Zijn camera was kapot. Van het hele apparaat werkte alleen de flitser nog. Toch wilde hij 'm niet thuislaten. Als z'n ouders het ontdekten...

Elise haalde hem uit zijn gedachten.

'Hoe laat is het nu?' vroeg ze

'Nog niet eens halfvier,' antwoordde Luuk.

'Wachten dus,' zei Elise. Ze ging op een graspol zitten.

'Ik ga niet wachten,' zei Luuk.

Hij liep naar het witte huisje. Het had nu lang genoeg geduurd.

'Wacht!'

Elise liep alweer naast hem.

'Dat kun je niet maken! Kees Zonners verwacht ons pas om vier uur.'

'Pech gehad,' zei Luuk terwijl hij verder liep.

Hij moest weten wie zijn camera kapot getrapt had. Het was een kleine kans, maar misschien kon die Zonners hem helpen.

Elise mopperde.

'Als-ie straks maar niet denkt dat dit míjn idee was.'

De Monnikenweg nummer 7 had geen bel. Luuk bonkte op de deur. Er kwam geen reactie.

'Zie je wel,' zei Elise snel. 'Hij is er nog niet.'

Ze draaide zich al om, maar Luuk bleef staan.

Hij keek door het raam naast de deur. Tenminste, dat probeerde hij. Maar voor alle ramen zaten gordijnen. Toch zag hij iets.

'Er brandt licht,' zei hij. 'Hij is dus wel thuis.'

Hij bonkte op het raam.

Elise pakte zijn hand vast.

'Aso!'

Precies op dat moment ging de deur open en Kees Zonners stapte naar buiten.

'Ik eh... ik bedoelde niet u,' stamelde Elise met een rood hoofd. 'U... u bent geen aso.'

Vreemd genoeg zag de kunstenaar er juist wel zo uit. Zijn kleren waren totaal anders dan in de haven. In plaats van deftige kleding droeg hij een vale broek en een trui met vlekken. Aan zijn voeten zaten afgetrapte klompen.

Je zou haast denken dat het een andere man was. Alleen zijn ogen en zijn stem waren hetzelfde.

'Sorry dat het zo lang duurde, hèh,' zei hij.

Hij woelde door zijn grijze haar dat in wilde pieken alle kanten op stond.

'Jullie zijn vroeg. Ik moest nog wat dingen eh... afmaken, weet je niet.'

Elise gaf Luuk een ik-zei-het-toch-blik en trok hem mee naar achteren.

'We komen later wel terug,' zei ze.

'Onzin,' zei Kees Zonners. 'Beter vroeg dan ooit, hèh. Kom binnen.' Hij ging hen voor.

'Welkom in mijn werkhuis. Let wél op de rommel. Anders breek je namelijk je nek, weet je niet.'

De kunstenaar had niet eens overdreven. Midden in zijn werkkamer lag een meters groot schilderij op de grond. Er lagen stapels schilderdoeken, tubes verf en proppen kranten op de vloer. In tientallen potjes met troebel water stonden kwasten te weken.

'Hier schilder ik!' riep Zonners met grote gebaren.

'En daar...' Hij wees naar een afgescheiden hoek van de kamer. 'Daar beeldhouw ik, hèh.'

Er stonden een paar werktafels met bonken klei en brokken steen. Her en der slingerde gereedschap: beitels, hamers, spatels.

'En boven schrijf ik,' voegde de kunstenaar eraan toe.

Hij liep naar de ramen en rukte in een paar vlugge bewegingen de gordijnen open.

'Ik hou niet van pottenkijkers, weet je niet.'

Zijn blik bleef even op Luuk hangen.

Hij woelde weer door zijn haar en glimlachte. Daarna haalde hij drie stoeltjes onder de rommel vandaan.

'Ga zitten, vrienden. Wat kan ik voor jullie doen, hèh?'

'U schrijft toch misdaadverhalen?' vroeg Luuk.

'Onder andere, ja. Hoezo?'

'Wij hebben een misdaad ontdekt.'

Luuk vertelde over de gevaarlijke foto's bij paal 16. Over de vissersboot en de smokkelaar met de kist.

'Hm,' mompelde Kees Zonners. 'Dat is inderdaad interessant, hèh?'

Hij boog zich vorover en keek Luuk indringend aan.

'Heb je die man, die smokkelaar, goed gezien?'

Luuk schudde traag zijn hoofd.

'Hij droeg een bivakmuts.'

'Weet je wat voor auto het was?' vroeg Kees Zonners. 'Welk merk, weet je niet?'

Luuk haalde zijn schouders op.

'Dat weet ik niet. Het was te donker.'

'En de nummerplaat?'

'Iets met een N en een 6,' antwoordde Elise aarzelend.

Kees Zonners leunde hoofdschuddend achterover.

'Dat is niet veel, hèh. Dat is zelfs heel erg weinig, weet je niet.'

'Denkt u dat we naar de politic moeten gaan?' vroeg Elise.

'De politie?'

De kunstenaar lachte hees.

'Die zijn nu veel te druk met auto-inbraken en dronken Duitsers. Zinloos, weet je niet. Vooral als je geen bewijzen hebt, hèh.'

'Maar ik heb wél bewijs!' riep Luuk. 'Ik heb toch een kapotte camera?'

Kees Zonners sloeg zijn ogen neer.

'Het spijt me, vriend,' zei hij. 'Maar dat is niet genoeg. De politie gelooft je nooit, hèh.'

Hij schudde nog een keer zijn hoofd.

'Ik heb maar één advies voor jullie. Vergeet het maar, weet je niet. Vergeet het gewoon en geniet van je vakantie.'

Laarzen liegen niet

Luuk kwam haast niet vooruit op zijn fiets. Alles aan hem voelde zwaar. Zijn benen, zijn armen, zijn hoofd. Steeds weer hoorde hij de woorden van Kees Zonners. *Vergeet het maar. Vergeet het gewoon.*

Het leek wel of die zinnen alle kracht uit zijn lichaam zogen.

Het leek opeens allemaal zo'n grote onzin. Hoe had hij ooit kunnen denken dat *hij* criminelen kon tegenhouden? Dacht hij nou echt dat die smokkelaars van *hem* zouden schrikken? En dan was ook nog eens zijn camera naar de knoppen gegaan.

Elise leek er allemaal geen problemen mee te hebben. Ze was vreselijk vrolijk. De hele weg babbelde ze aan één stuk door. Over Kees Zonners. Over het werkhuis. Over de schilderijen. Over de beeldjes.

Haar ogen glommen.

'Ik kan niet wachten om het allemaal aan mijn ouders te vertellen.'

'Ze geloven je toch niet,' bromde Luuk. 'Je hebt geen bewijs.'

Elise kneep meteen keihard in haar remmen. Ze stopte met een snerpend geluid.

Luuk remde rustig, maakte een bocht en fietste naar haar toe. 'Wat nou weer?'

'Je hebt gelijk,' zei ze. 'Ik heb geen bewijs. Ik moet terug.'

Ze keerde haar fiets om.

'Wat?!'

'Een handtekening!' riep Elise. Ze begon weer te fietsen. 'Een handtekening is een bewijs.'

Een handtekening van Kees Zonners. Hij schudde zijn hoofd. Wat vond Elise nou zo leuk aan die vent? Het was gewoon een gestoorde kunstenaar die steeds 'hèh' en 'weet je niet' zei. Met flinke tegenzin volgde hij Elise terug naar de Monnikenweg.

Ze kwamen bij het zandpad en stapten af. Daarna liepen ze naar het witte huisje. Elise klopte aan. Eerst was het nog een bescheiden klopje. Maar toen er geen reactie kwam, bonkte ze harder. Weer geen reactie. Ze klopte tegen het raam.

'Aso,' zei Luuk.

Elise gaf hem een stomp.

'Hij *moet* thuis zijn,' zei ze. 'Een kwartier geleden was hij hier nog.'

'Misschien moest hij opeens iets doen,' zei Luuk. 'Handtekeningen uitdelen of zo.'

'Misschien is hij niet lekker geworden,' zei Elise bezorgd. 'Misschien wel een hartaanval. Hij is al aardig oud, hoor.' Ze tuurde door de ruiten naar binnen.

Luuk volgde haar voorbeeld. Hij zag de krantenkoppen al voor zich.

KINDEREN VINDEN DODE KUNSTENAAR

KUNSTENAAR KRIJGT HARTAANVAL VAN KINDEREN

Nu was het helemaal jammer dat zijn camera kapot was.

'Misschien is hij aan de andere kant,' zei Elise.

Ze liepen naar de achterkant van het huis.

Bij de achterdeur bleef Luuk plotseling staan.

Dit kon niet!

Daar, netjes naast elkaar, stonden twee modderige laarzen. Zwarte, rubberen laarzen met drie gele strepen op de zijkanten.

'Dat... dat zijn de laarzen van die man bij de bunker,' zei hij hees.

Elise zuchtte.

'Begin je nu alweer? Kees Zonners kan nooit een smokkelaar zijn.'

'En die laarzen dan?'

'Denk eens na,' zei Elise. 'Er zijn echt wel meer van zulke laarzen, hoor.'

Luuk schudde zijn hoofd. Dit waren *de* laarzen. De laarzen die hij bij de bunker gezien had. De laarzen die zijn camera kapotgetrapt hadden. De laarzen die voor eeuwig in zijn geheugen gegrift stonden. Hij wist het zeker.

'Die laarzen zijn...'

'...van mij.'

Elise en Luuk draaiden zich met een ruk om.

Kees Zonners stond met zijn handen in zijn overallzakken naar hen te kijken. Hij glimlachte geheimzinnig. Hoe lang stond hij daar al? Hoeveel had hij gehoord?

Ik moet het vragen, dacht Luuk. Natuurlijk geeft hij geen antwoord. Maar toch, ik moet het vragen.

'Bent u... Bent u een smokkelaar?'

De kunstenaar keek hem aan alsof hij een heel moeilijke som aan het uitrekenen was.

'De laarzen liegen niet, hèh,' zei hij. 'Ik ben een smokkelaar, ja, weet je niet.'

'Wat?!' Elises stem sloeg over. 'Maar dat... Waarom?'

'Dat vertel ik binnen wel,' antwoordde de kunstenaar.

'Ik ga niet naar binnen,' zei Luuk. 'Ik ga naar de politie.'

'Dat lijkt me niet verstandig, hèh,' zei Zonners. 'Ik heb
geen behoefte om jullie iets aan te doen, weet je niet. Maar
als het moet...'

Luuk zag dat de kunstenaar iets in de rechterzak van zijn
overall naar voren duwde. Een wapen?

'Volgens mij hebt u helemaal geen pistool,' zei hij.

Het klonk minder stoer dan hij hoopte.

'Wil je het risico nemen, hèh?' vroeg Zonners. 'Ik heb jullie al eerder onder schot gehad, weet je niet?'

Zijn blik zei genoeg.

'Bedoelt u dat ú,' vroeg Luuk. 'Hebt ú mijn camera...'

Hij maakte zijn zin niet af. Het lukte gewoon niet. Het
hoefde ook niet.

Kees Zonners knikte.

'Als het moet kan ik keihard zijn, weet je niet.'

Hij bewoog weer zijn hand.

'We kunnen maar beter naar binnen gaan,' zei Elise zacht.

Haar gezicht was lijkbleek.

Binnen deed Kees Zonners meteen alle gordijnen dicht. Hij trok een la open en haalde er een pistool uit.

'Je had gelijk, hèh?' zei hij. 'Ik blufte, weet je niet.'

Hij keek Luuk met een gemene grijns aan.

Luuk reageerde niet. Dat pleziertje zou hij die vent niet geven. Hij zou die man het liefst een knal voor z'n kop verkopen. Bekende Nederlander of niet, die man had zijn camera kapot getrapt!

Kees Zonners ging tegenover hen zitten. Het was bijna net zoals een halfuur geleden. Alleen lag er nu een wapen op de schoot van de kunstenaar. Hij streelde het zachtjes, alsof het een lief katje was.

'Ik zal jullie mijn verhaal vertellen,' zei hij. 'Ik zal jullie vertellen waarom ik een smokkelaar ben geworden, weet je niet.'

'Maar dat hoeft niet, hoor,' zei Elise vlug. 'We hoeven het écht niet te weten. Ik bedoel, we kunnen ook gewoon alles vergeten...'

Ze wierp een angstige blik op het wapen.

'...En naar huis gaan.'

Kees Zonners schudde zijn hoofd.

'Ik *wil* het verhaal vertellen,' zei hij. 'Dit verhaal moet verteld worden, hèh.'

Inspiratie

'Inspiratie!' riep Kees Zonners. 'Ik heb het gedaan voor de inspiratie, weet je niet. Jullie weten toch wel wat inspiratie is, hèh?'

'Natuurlijk!' zei Luuk narrig. 'We zijn niet achterlijk ofzo!'

Elise gaf hem een schopje tegen zijn schenen. Ze knikte naar het wapen dat op Zonners' schoot lag.

'Inspiratie betekent dat je opeens een heel goed idee krijgt,' antwoordde ze braaf.

'Exact,' zei de kunstenaar. 'En dat was precies wat ik miste: goede ideeën. Een paar jaar geleden begon het. Mensen vonden mijn beelden opeens burgerlijk, mijn schilderijen saai en mijn boeken braaf, weet je niet. Plotseling was ik oud en ouderwets, hèh?'

Hij keek Luuk en Elise met een grimmige blik aan. Alsof hij wilde weten of zij er ook zo over dachten.

Luuk wilde een gemeen antwoord geven, maar Elise was hem voor.

'Wíj vinden uw kunst juist heel mooi,' zei ze. 'Toch Luuk?'

Luuk gromde iets onverstaanbaars.

'Dank je.'

Er verscheen een zwak glimlachje om Zonners' mond.

'Sommige mensen denken dat goede ideeën zomaar uit de lucht komen vallen,' zei hij. 'Onzin! Ik heb een keer een hele dag op een bankje gezeten. Bij de haven, weet je niet. En maar wachten, hèh. Uren achter elkaar. Maar er kwam niets uit de lucht vallen, hoor. Ja, een paar flinke flodders van die rotmeeuwen.'

Hij lachte hardop.

Luuk hoorde maar half wat de kunstenaar zei. Hij staarde naar het pistool. Misschien zou hij het kunnen grijpen. Misschien als de man even niet oplette. Misschien...

'Spanning!' schreeuwde Zonners opeens.

Hij sprong op van zijn stoel en zwaaide met zijn pistool. 'Spanning, dat had ik nodig! Mijn bloed moest weer gaan stromen, weet je niet. Mijn brein moest weer wakker worden, hèh. Daarom ben ik gaan smokkelen.'

Hij liep met verende stappen naar de werkplaats waar hij beelden maakte.

'Kom!'

Hij gebaarde met zijn pistool dat ze moesten komen.

Luuk wilde blijven zitten, maar Elise trok hem omhoog. Ze liepen naar de werktafel achter in de kamer.

'Ik zal jullie laten zien hoe het werkt,' zei Zonners.

Hij stak het pistool in zijn zak, pakte twee stenen beeldjes en zette ze op de tafel.

'Het begint allemaal in Zuid-Amerika. Daar komt het spul vandaan, weet je niet. Dit is zogenaamd een vrachtschip, hèh?'

Hij hield één van de beeldjes omhoog.

'Het spul gaat gewoon in dit vrachtschip mee. Tussen de bananen, olievaten of andere vracht.'

Hij schoof het beeld over de werktafel: het vrachtschip voer over de oceaan.

'Het vrachtschip vaart naar de haven van Rotterdam,' vertelde Zonners verder. 'Maar voordat het daar is, gebeurt er iets anders, weet je niet.' Hij hield een ander beeldje omhoog.

'De vissersboot zeker?' zei Luuk.

Hij probeerde zo verveeld mogelijk te klinken.

Kees Zonners knikte en grijnsde.

'Je leert het al.'

Hij schoof het tweede beeldje naar het eerste toe.

'De schepen ontmoeten elkaar. Het spul wordt overgeladen en de vissersboot vaart terug naar Texel. En dan, dan kom ik in actie!'

De kunstenaar zei het zo vrolijk dat je bijna zou vergeten dat het om een zware misdaad ging. Bijna. Als dat pistool er nou niet geweest was...

'Ík smokkel het spul Europa in,' zei Zonners.

De trots droop van zijn stem.

'En willen jullie weten hoe ik dat doe?' vroeg hij. 'Hèh?'

Luuk klemde zijn kiezen stevig op elkaar. Natuurlijk wilde hij dat weten. Maar dat hoefde hij die vent niet te vertellen.

'Via de post!' riep hij.

Zijn ogen glansden. 'Gewoon via de post, weet je niet.'

'U liegt!' zei Luuk. 'Dat kan helemaal niet. Dan hadden ze het allang ontdekt.'

Kees Zonners grinnikte. Hij pakte een hamer en sloeg met één klap een van de beeldjes aan puin.

Luuk en Elise sprongen van schrik achteruit.

'Zo doe ik dat,' zei Zonners.

Tussen de scherven haalde hij een zakje met wit poeder tevoorschijn.

'Het zit in de beeldjes,' zei Elise zacht.

Kees Zonners knikte.

'Ik stuur de beeldjes door heel Europa naar mijn klanten. De post bezorgt de drugs precies waar ik wil, weet je niet. De postbode is dus eigenlijk ook een smokkelaar, hèh?'

'Maar de postbode weet het niet,' zei Luuk. 'U wel.'

Kees Zonners zweeg.

'Maar waarom?' vroeg Elise. 'U hebt toch geld genoeg?'

'Het gaat niet om het geld,' antwoordde de kunstenaar.

'Het geld wat ik met de smokkel verdien gaat allemaal naar goede doelen, weet je niet. Het gaat om de spanning, hèh.'

Zijn ogen fonkelden.

'Kun je je voorstellen hoe het voelt om verboden dingen

te doen? De angst om ontdekt te worden. Achter elke boom kan een politieagent staan. En dan het gevoel als het je weer gelukt is...'

Zijn handen maakten grote gebaren.

'Een fantastisch gevoel, hèh. Dan voel je pas dat je leeft, weet je niet. Geweldig!'

'Maar drugs smokkelen is slecht,' stamelde Luuk.

De kunstenaar reageerde weer niet. Hij haalde heel langzaam een dikke sigaar uit het borstzakje van zijn overall. Hij stak de sigaar aan en nam een paar flinke trekken. Daarna blies hij de rook in Luuks gezicht en zei: 'Roken is ook slecht.'

Luuk sloeg de rook weg.

'En nu?' vroeg hij. 'Gaat u ons nu... vermoorden?'

Het werd doodstil in de kamer. Dat duurde een hele tijd.

Toen begon de kunstenaar te grinniken. Steeds harder en hoger. Het vreemde gelach galmde door de stilte.

Opeens stopte het, net zo plotseling als het begonnen was.

'Vermoorden?' vroeg Zonners. 'En waarom zou ik dat doen, hèh?'

'We weten gewoon te veel,' antwoordde Luuk.

Zo ging het altijd in die series op tv. Als iemand te veel wist werd het levensgevaarlijk.

'Nou en?' Kees Zonners nam een trek van zijn sigaar.

'Jullie hebben geen bewijzen, weet je wel. Wie denk je dat de politie gelooft, hèh? Een stel kinderen of een beroemde kunstenaar?'

Hij grijnsde breed.

'Ik was toch al van plan om na de zomer te stoppen met smokkelen. Ik heb inspiratie genoeg, weet je niet. Daar kan ik tot aan mijn dood op teren, hèh.'

'Dus we kunnen gaan?' stamelde Elise.

'Wat mij betreft wel,' antwoordde Kees Zonners droog.

Luuk keek Elise aan. Hij zag in haar ogen wat hij voelde: angst, verbazing en opluchting tegelijk.

Ze aarzelden geen moment. Ze pakten hun spullen en liepen snel naar de deur.

'Niet zo vlug!'

Luuks hart sloeg een slag over. Die stem! In de deuropening verscheen een man met een mottig gezicht. Hij keek hen met een nare grijns aan. In zijn hand hield hij een pistool. Een ander pistool.

'De plannen zijn gewijzigd,' zei hij.

Luuk sloeg zijn ogen neer. Zijn blik bleef hangen op de glimmende cowboylaarzen van de gewapende man. Nu wist hij het helemaal zeker. Dit was de andere man bij de bunker. Dit was de andere smokkelaar.

Een laatste foto

'Mols?!'

De stem van Kees Zonners sloeg over.

Dat klinkt niet goed, dacht Luuk. Hij zag dat het gezicht van de kunstenaar wit was weggetrokken. Het scheelde niet veel of de man had van schrik de sigaar uit zijn mond laten vallen.

'Wat doe jij hier, Mols?' zei Zonners. 'We hadden vandaag toch geen afspraak?'

De kunstenaar stak zijn hand in de zak van zijn overall, zag Luuk.

'Slecht plan, Zonners,' siste de andere smokkelaar. 'Je weet toch hoe snel ik schiet?'

De kunstenaar trok meteen zijn hand terug. Alsof hij zijn vingers aan iets heets brandde.

'Leg je pistool op tafel en steek je handen omhoog,' gebood de smokkelaar. 'Jullie ook!'

Hij gebaarde zo driftig naar Luuk en Elise dat ze onmiddellijk deden wat hij zei.

De smokkelaar liep naar Kees Zonners. Terwijl hij de kunstenaar onder schot hield pakte hij het pistool van de tafel. Hij stak het wapen onder de band van zijn broek.

'Naast elkaar!' schreeuwde hij.

Hij zwaaide met zijn pistool.

'Netjes op een rijtje! Daar!'

Hij wees met de loop van het wapen naar een hoek van de kamer. Ze gehoorzaamden zonder iets te zeggen.

Net een film, dacht Luuk. Zo voelde het ook. Alsof dit allemaal niet echt gebeurde. Alsof het een toneelspel was. Straks stormde de politie binnen en kwam alles goed.

'Je moet ze laten gaan, Mols,' zei de kunstenaar. 'Het gaat om mij, weet je niet. Die kinderen weten niets, hèh.'

De smokkelaar lachte smalend.

'Je denkt toch niet dat ik gek ben, Zonners? Ik weet precies wat je ze verteld hebt.'

'Maar hoe...'

De kunstenaar onderbrak zichzelf.

'Afgeluisterd. Je hebt me afgeluisterd, hèh?'

'Wat dacht je dan?' antwoordde de smokkelaar. 'Ik vertrouwde je al vanaf het begin niet. Een kunstenaar die gangster wil spelen. Laat me niet lachen.'

'Waar?' vroeg Kees Zonners. 'Waar zitten ze?'

'Waar niet,' antwoordde de smokkelaar. 'Er is hier genoeg zooi om ze te verstoppen.'

Hij keek de kunstenaar aan en zei met een treiterig stemmetje: 'O nee, sorry hoor. Het is geen zooi, het is *kunst*.' Hij grinnikte om zijn eigen grap. Daarna liep hij naar één van de schildersezels en voelde aan de onderkant.

'Hier zat er eentje.' Hij trok een klein zwart apparaatje tevoorschijn en hield het omhoog.

Een afluisterapparaat, dacht Luuk. Die smokkelaar had alles gehoord. Hij wist dat Elise en hij veel te veel wisten.

'Genoeg gebabbeld,' zei de smokkelaar. 'Zonners, opzij.'

Hij gebaarde met de loop van zijn pistool dat de kunstenaar uit de rij moest stappen.

Kees Zonners gehoorzaamde niet.

'Je komt hier niet mee weg, Mols. De politie zal je nooit laten lopen, weet je niet.'

'Wel als ik het goed doe,' zei de smokkelaar droog.

Hij verwisselde zijn eigen wapen met dat van de kunstenaar. 'Wat zal de politie denken als ze jou en die kinderen hier vinden, Zonners? In *jouw* werkkamer. Neergeschoten met *jouw* wapen.'

Hij grijnsde zo breed dat zijn mollige gezicht rimpelde.

'Wat zal de politie denken als ze hier al die drugs vinden? In jouw kunstige beeldjes nog wel.'

De smokkelaar richtte het pistool.

'Opzij Zonners!'

Luuk voelde hoe Elise dichter tegen hem aanschoof. Ze pakte zijn hand beet en kneep erin. Haar vingers trilden verschrikkelijk.

Toen pas drong het echt tot hem door. Dit was geen film. Dit was écht! Het was alsof iemand keihard zijn keel dichtkneep. Hij snakte naar adem.

Hij moest iets doen, maar hij kon het niet. Zijn lijf voelde zo slap als spaghetti.

'Je blijft van ze af!'

Kees Zonners ging met gespreide armen voor hen staan.

'Wil jij soms eerst?' sneerde de smokkelaar. 'Zoals u wenst, meneer de kunstenaar.'

Hij richtte het wapen op de kunstenaar.

'Wacht!'

Luuk hoorde het zichzelf zeggen. Alsof iemand anders met zijn stem sprak.

'Ik… ik wil nog een foto maken.'

De smokkelaar keek hem met opgetrokken wenkbrauwen aan. Hij zwaaide het pistool zenuwachtig heen weer.

'Wat is dat voor onzin!'

'Een laatste wens,' antwoordde Luuk.

Waar haalde hij nou opeens dit idiote idee vandaan?

'Dat zie je toch altijd in films? Je mag altijd een laatste wens doen.'

Hij keek naar het gezicht van de smokkelaar, maar die gaf geen krimp.

'Ik wil nog een laatste foto maken,' zei hij. 'Een foto van Elise.'

Ja, dat was het! Hij keek van Elise naar Kees Zonners. Begrepen ze wat hij bedoelde?

'Ja,' zei Zonners traag. 'Laat die jongen nou nog één foto van zijn vriendinnetje maken, Mols. Hèh?'

De smokkelaar haalde zijn schouders op.

'Goed, goed,' gromde hij. 'Maar geen grappen, hè. Als er iets anders in die tas zit, heb je een probleem.'

Luuk knikte en deed een paar passen naar voren. Heel voorzichtig maakte hij zijn fototas open en haalde er de kapotte camera uit. Hij drukte het toestel aan en richtte de gebarsten lens op Elise.

Toen draaide hij in één snelle beweging de camera op het gezicht van de smokkelaar. Hij drukte af. Een felle flits verlichtte de kamer.

Daarna ging alles vreselijk vlug.

Kees Zonners sprong naar voren. Een schot!

De kunstenaar en de smokkelaar vielen boven op elkaar op de grond. Het wapen vloog door de kamer. De twee mannen rolden vechtend en vloekend over de vloer. Potjes met kwasten en verf vielen om.

Eén ding was duidelijk: Kees Zonners had geen schijn van kans. Hij was te oud om dit gevecht te winnen.

De smokkelaar smeet de kunstenaar van zich af. Hij kwam een stukje omhoog en...

'Stop!'

Elises stem schalde door de kamer. In alle drukte was ze

ongemerkt achter Luuk langs geslopen. Ze had het gevallen pistool van de vloer gepakt. Nu hield ze het wapen met twee handen vast en richtte het op de smokkelaar.

'Handen omhoog.'

Luuk zag hoe haar handen trilden.

De smokkelaar, die op zijn knieën zat, keek haar grijnzend aan. Hij deed zijn handen niet omhoog. In plaats daarvan ging zijn hand naar het pistool onder zijn broekband.

'Jij schiet niet,' zei hij. 'Zo'n mooi meisje...'

Een schot!

Het beeldje achter de smokkelaar viel in scherven uiteen. Een wit wolkje zweefde boven de werktafel.

'Ik bén geen mooi meisje,' zei Elise. 'Handen omhoog!'

Heel langzaam stak de smokkelaar zijn handen omhoog. Kees Zonners kwam meteen in actie. Hij pakte het pistool

van de smokkelaar en hield de man onder schot. Bij zijn schouder zat een grote rode vlek in de overall. Was dat verf of bloed?

De kunstenaar knikte naar Luuk.

'Bel 1-1-2. Politie en ambulance.'

Twee dagen later

De perfecte foto

Luuk en Elise lagen naast elkaar in de duinen. De zon straalde warm op hun gezichten, de zee ruisde op de achtergrond en de vogels floten vrolijk.

Luuk volgde met zijn ogen een meeuw die in de strakblauwe lucht zweefde.

Daar was het allemaal mee begonnen: de dode meeuwen in de duinen. Het was nog maar twee dagen terug. Toch leek het al wel eeuwen geleden. Er was de afgelopen dagen ook zo veel gebeurd.

Hij sloot zijn ogen en zag alles als een film voor zich. De politiewagens en ambulance die met gillende sirenes bij de Monnikenweg nummer 7 gestopt waren. De arrestatie van de smokkelaars. Het lange verhoor in het politiebureau. De gezichten van zijn ouders toen ze hem kwamen ophalen.

Wat waren ze boos geweest! Boos en bezorgd. Vooral toen een van de agenten alles in geuren en kleuren ging vertellen. Over de gevaarlijke foto's bij paal 16, over de gewapende smokkelaars, over de kapotte camera.

'Waarom heb je ons niets verteld?' vroeg mama.

Luuk haalde zijn schouders op.

'Jullie hadden het telkens zo druk,' zei hij. 'Met Meggie, enzo.'

Zijn ouders keken elkaar een tijdje aan. 'Zijn moeders ogen

begonnen vreemd te glimmen. Zijn vader knikte langzaam.

'Ik begrijp het,' zei hij. 'Het spijt ons, Luuk. Voortaan zullen we beter ons best doen.'

In de dagen daarna had Luuk over aandacht niets te klagen gehad. Tientallen journalisten waren naar de camping in de duinen gekomen. Cameraploegen, fotografen, verslaggevers, allemaal wilden ze het verhaal over de smokkelaars horen.

Luuk moest het wel dertig keer vertellen. Telkens weer hetzelfde verhaal. De kranten stonden er vol van.

KINDEREN PAKKEN CRIMINELEN

KINDEREN LOSSEN DRUGSSMOKKEL OP

KINDEREN BETRAPPEN KUNSTENAAR

Ook Kees Zonners kwam in alle artikelen voor. Vanuit het ziekenhuis vertelde hij zíjn verhaal. Hij had spijt. Niet omdat hij gepakt was, maar omdat hij het leven van Luuk en Elise in gevaar had gebracht.

Gelukkig was zijn schotwond niet zo ernstig. Over een week zou hij uit het ziekenhuis mogen. Dan zou de rechter beslissen hoe lang hij naar de gevangenis moest.

Misschien vindt hij dat niet eens zo erg, dacht Luuk. Dan krijgt hij weer meer inspiratie.

Hij kwam overeind en pakte de fototas die naast hem stond. Voorzichtig sloeg hij de flap open. Daar lag hij dan: zijn nieuwe professionele camera. De fabrikanten hadden in de rij gestaan om hem een nieuw toestel te geven. Als ze maar met hem in de krant kwamen.

Luuk had natuurlijk meteen de mooiste en duurste uitgekozen. Het nieuwste van het nieuwste, met twee lenzen. Een digitaal toestel dit keer. Dan kon hij meteen zien of hij een goede foto gemaakt had.

Hij drukte de camera aan en richtte de zoeker op Elise. Ze lag met haar ogen dicht te zonnen. Morgen was alles afgelopen. Dan zouden ze weer naar huis gaan.

Natuurlijk, ze zouden contact houden: bellen, sms'en en msn'en. Maar toch. Hij had nog niet eens een goede foto van haar.

Hij zoomde in op haar gezicht en stelde scherp. Maar net voordat hij wilde afdrukken, deed ze haar ogen open.

'Ik dacht al dat ik wat hoorde,' zei ze.

Ze glimlachte met haar hele gezicht.

'Mooi,' zei Luuk.

Hij kon zijn tong wel afbijten! Waarom zei hij dat nou? Hij liet zijn camera zakken.

'Sorry.'

'Maakt niet uit,' zei Elise. 'Jíj mag het zeggen.'

Ze glimlachte nog een keer.

Snel verborg Luuk zijn gloeiende gezicht achter de camera. Hij stelde opnieuw scherp en drukte. De perfecte foto.

Extra!

Hoe zit het met die vergaste ganzen?

Het verhaal van de vergaste ganzen is helaas niet verzonnen. In 2008 zijn er duizenden grauwe ganzen op Texel gevangen en gedood. De ganzen hebben namelijk geen natuurlijke vijanden en daardoor worden het er steeds meer. Ze vreten de akkers kaal en beschadigen bijzondere natuurgebieden. Daarom werd er, uiteraard onder groot protest, besloten om de dieren te doden.

En de dode meeuwen?

Op Texel leeft een heel grote kolonie meeuwen: ongeveer 40.000 vogels, dat zijn 20.000 paartjes. 20.000 paartjes betekent ook 20.000 nesten in het voorjaar. Omdat gemiddeld ongeveer 1 meeuw het nest verlaat vliegen er in het voorjaar bijna 20.000 jonge meeuwen rond! Dat zijn er natuurlijk heel erg veel. Vooral als je ook die 40.000 volwassen vogels meeteld. En zoveel voedsel is er langs het strand en in de duinen nou ook weer niet. Bijna de helft van al de jonge meeuwen haalt het niet. Daarom liggen er elke lente en zomer duizenden dode meeuwen in de duinen.

Alleen de sterksten overleven het.

Tips voor leuke(re) vakantiefoto's

Je ziet een mooi uitzicht, een bijzonder gebouw of een vreemd voorwerp. Je denkt: dát wil ik thuis aan iemand laten zien! Dus camera erbij en hup – *klik* – een foto. Klaar.

Of toch niet?

Met iets meer moeite kun je vaak veel leukere foto's maken.

Foto-tip 1

Doe eens een stap naar links of rechts. Meestal is het heel leuk om iets (een bloem, een boomtak, rietstengels) op de voorgrond mee te fotograferen. Daardoor komt er ook meteen meer diepte in de foto.

Foto-tip 2

Zak eens door je knieën of ga eens op je buik liggen. Vooral als je kleine dingen (dieren, bloemen, kleine kinderen) fotografeert is dat belangrijk. Maar ook bij andere onderwerpen werkt het vaak heel goed. Ga maar eens op je hurken onder een boom zitten en fotografeer naar boven. Heel anders dan een gewone foto van een boom, vind je niet?

Foto-tip 3

Ga eens ergens op staan en fotografeer naar beneden. Soms ontdek je dan hele aparte vormen die je normaal gesproken niet ziet.

Foto-tip 4

Ga eens iets dichterbij staan. De bekende fotograaf Robert Capa zei eens: 'Als je foto's niet goed genoeg zijn, dan sta je er niet dicht genoeg bij.' Soms moet je gewoon dichterbij gaan staan om een goed plaatje te schieten!

Foto-tip 5
Maak veel foto's uit verschillende hoeken en kijk zelf wat het leukste is.

Succes!

RUGZAKAVONTUUR

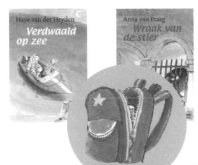

Win jij een **RUGZAK** vol met boeken?

Doe mee met de wedstrijd en stuur
je leukste vakantieleesfoto naar
info@rugzakavontuur.nl

www.rugzakavontuur.nl

Ook van Ruben Prins

Ruben Prins
Het geheim van de dieventekens

Er is ingebroken in Mikes huis. De dief heeft het
bijzondere schaakspel meegenomen dat Mike nog van zijn opa
heeft gekregen. Mike en zijn vriend Mo denken dat de politie de
verkeerde jongens verdenkt.
Ze besluiten zelf op onderzoek uit te gaan.
Als ze tekens op de muren ontdekken hebben ze beet...